Alexander McCall Smith

Precious and the Mischief at Meerkat Brae

First published in Great Britain in 2012, in English,
as *Precious and the Mystery of Meerkat Hill*, by
Polygon, an imprint of Birlinn Ltd

This edition first published by Itchy Coo 2013
ITCHY COO is an imprint and trademark of James
Francis Robertson and Matthew Fitt and used
under licence by Black & White Publishing Ltd.

Black & White Publishing Ltd
29 Ocean Drive
Edinburgh
EH6 6JL

www.blackandwhitepublishing.com

1 3 5 7 9 10 8 6 4 2   13 14 15 16

ISBN: 978 1 84502 546 5

First published in Great Britain in 2012 by Polygon,
an imprint of Birlinn Ltd

Text copyright © Alexander McCall Smith 2012
Translation copyright © James Robertson 2013
Illustration and design © Iain McIntosh 2013

ALBA | CHRUTHACHAIL

Printed and bound in Poland by
www.hussarbooks.pl

Alexander McCall Smith

Precious and the Mischief at Meerkat Brae

Translated into Scots by James Robertson

Illustrated by Iain McIntosh

This book is dedicated

to the memory of

GAVIN WALLACE

(1959-2013)

Friend and Guardian of Itchy Coo

Botswana

Francistown•

KALAHARI
DESERT

GABORONE★

THIS IS THE STORY o a lassie cried
Precious. It's the story o a laddie
tae, wha wis cried Pontsho, and o
anither lassie that had an awfie
lang name. Some folk that hae awfie lang
names find it oasier if they mak them
shorter. Sae this ither lassie wis cried Teb.
I doot I dinna hae the space here tae gie
her haill name, as that wid use up a fair
few lines. Sae, like awbody else, we'll jist
cry her Teb.

Precious's faimly name wis Ramotswe,
which soonds like this: RAM – OTS – WEE.
Ye see: try it yersel – it's no hard tae say.

She steyed in a country cried Botswana, and that's in Africa. Botswana is a bonnie place – it has braid plains that seem tae gang on and on as faur as yer ee can see, until they jine the sky, heich and toom abune ye. Sometimes, ye ken, when ye keek up intae a toom sky, it seems as if it's singin. It's an unco thing, but that's hoo it seems.

There's hills that pap up on thae plains. The hills look a bittie like islands, and the plains look a bittie like the sea. Here a pictur o whit that's like.

Precious steyed wi her faither, Obed, in a wee hoose ootside a clachan. Obed wis a guid, kind man that aye had on a scuffy auld hat. That hat wis weel-kent in the clachan and aw roond aboot tae.

'Here he's comin!' folk wid say when they saw his hat awa in the distance. 'Here's Obed comin!'

There wis yin time Obed tint his hat when he wis walkin hame in the daurk. A daud o wind skelped it richt aff his heid, and because there wisna ony licht he couldna find it again. The nixt day, when he gaed back tae the bit whaur he had tint the hat, it wisna tae be seen at aw. He reenged and screenged aboot for it, but – nae luck.

'Could ye no buy yersel a new yin, Da?' Precious spiered.

Obed shook his heid. 'A new hat is never as cosh and comfy as an auld yin,' he said. 'And I loved that hat.' He gied his dochter a wee look. 'It saved ma life, ye ken.'

Hoo could a hat save yer life, Precious wunnered. 'Please tell me aboot that,' she said. She loved her faither's stories, especially if he tellt them tae her when

4

she wis gaun tae her bed.

A bedtime story fair kittles ye up, and it's even better if the story is tellt efter the lichts hae been pit oot. The wurds soond different, I think – as if they're bein whuspered jist for yersel and naebody else. The wurds are happit aw aboot ye, like a waarm blanket.

Sae Obed tellt her aboot the hat that nicht, when it wis awready daurk ootby and the African sky wis gettin thrang wi stars. 'A guid few year syne,' he began, 'afore ye were even born, I warked for a while on a ferm. It wis an awfie drouthy place, for there wisna muckle rain in that pairt o the country. But ilka year the rains cam, and the land wid turn green as the plants won back tae life. That could happen gey fast – sometimes in jist the yin nicht.

'It wis ma job tae see that the kye were gettin watter tae drink. We had boreholes tae pump the watter up fae deep wells. Syne the coos could weet their mooths fae watterin trochs. I had tae mak shair that awthin wis warkin richt, and sort it oot if it wisna.

'Noo, it wis an oot o the wey kind o place, wi no muckle in it. There wis nae lions, but there wis ither wild craiturs – and birds. And this is aw aboot yin o thae birds – a fell and fearsome bird.'

Precious interrupted him. 'Birds canna be fearsome,' she said, and she lauched at the thocht o it. 'Birds are faur ower wee.'

Obed shook his heid. 'That's whaur ye're wrang, ma doo. There's some birds that are awfie big.'

'A eagle?' spiered Precious.

'Bigger than that. A muckle sicht bigger.'

She thocht and thocht, and she wis aye thinkin when Obed said: 'A ostrich!

'A ostrich,' her faither cairried on, 'is faur bigger than a man, and aye, it can be fearsome. Ye hae tae caw canny if ye get ower close tae a ostrich because they can gie ye a richt guid kick. They hae these muckle strang legs, ye see, and there's a clook at the end o yin o them. Ye can get awfie sair hurtit fae a ostrich kick – awfie, awfie sair.'

Precious shithered. Sometimes her faither's stories made her a wee bit feart, even if they maistly ended weel.

'Noo,' Obed gaed on, 'I wis gaun through the bush wan day, lookin for some coos that had waunered, and aw o a sudden I heard a soond. It wis an unco strange soond, and I stood still as a stookie wunnerin whit it wis. Then I seen it. No faur aff, keekin at me wi thae big crabbit een that they hae, wis a ostrich. And I kent richt awa that this craitur had taen a scunner at me and wis aboot tae get tore in aboot us. The reason it wis sae crabbit wis that I had got ower close tae its nest. These birds

mak muckle nests on the grund and they lay massive eggs in them. Think o a hen's egg. Syne, think o an egg twenty times the size o yon – that's a ostrich egg.

'Suddenly I mindit somethin that I'd been tellt, and it wis jist as weel it cam back tae me. I looked doon on the grund and saw a lang stick that had fawn oot o a nearby tree. I picked this up and pit ma hat on the end o the stick. Syne I held it up heich in the air – like this.

'Ostriches micht be strang, but they're stupit. Whit I'd been tellt wis that if ye pit yer hat on a stick and heezed it up in the air,

9

a ostrich wid think that the hat wis yer heid. It wid think that ye were that much taller than it wis, sae it wid haud wide o ye and lea ye tae yersel. And it warked, ye ken! The ostrich saw ma hat and thocht I must be an awfie lang, strang craitur – mair than a match for her. Sae she backed aff and let me gang ma weys – unkickit!'

Precious let oot a sech o relief. She didna want her faither kickit by a ostrich – wha wid?

'I'm gled it warked oot weel for ye,' she said, as she began tae faw ower.

'Thank ye,' said her faither. 'And noo get yersel aff tae sleep, Precious. Ye hae the schuil the morn's morn.'

Precious steekit her een and thocht aboot schuil. She'd heard that there wis a new faimly comin tae the schuil the nixt day – a laddie and a lassie – and she wunnered whit they wid be like. New folk are ayewis interestin, and she thocht that mibbe they wid be her freens. It wis braw haein auld freens, but it wis guid tae mak new yins and aw.

But whit aboot yon hat? Did Obed get it back efter it had blawn awa? Aye, he did. It landit a lang wey aff but the folk that picked it up kent richt awa whase hat it wis, and it wis brocht back tae him a few days efter, nane the waur o its traivels. He wis fair made up tae hae it hame, and fae that day forrit, whenever there wis a gowsty wind gaun aboot, he kept a guid strang grup on his hat. And that's jist whit we should aw dae, d'ye no think?

THE NIXT DAY Precious set aff tae the schuil, gleg tae meet the twa new folk. Neither o them wis in her class, as the laddie wis a year younger than she wis, and his sister wis a year aulder. But at mornin piece-time, when the bairns skailt oot o the classroom tae play for hauf an oor, she spottit them strecht awa.

They were staunin thegither in the shade o a tree, lookin on at the ither bairns at play, but no jinin in. That wisna hard tae unnerstaun – she mindit whit like it wis tae be new in a schuil. Awbody else seems tae ken a wheen o folk, and you ken

13

nane. That's no easy, no at aw.

She jouked her wey through the boorach o lads and lassies till she got tae the tree.

'Hello,' she said. 'Ma name's Precious.'

The lassie smiled at her, and gied her their names. 'I'm cried Teb,' she said. 'And this is ma brither, Pontsho.'

Pontsho scansed Precious a wee bit skeerily, but when he saw her smile he smiled back.

'Ye're new, are ye no?' said Precious.

'Aye,' said the lassie, keekin aboot hersel. 'And I dinna ken onybody.'

'Weel, ye ken me noo, eh?' said Precious.

The lassie noddit her heid.

'And I can tell ye awbody's names that's here,' said Precious, lookin roond the gaithered bairns. 'Sae I'm shair that ye'll soon ken them and aw.'

They yattered on until it wis time tae gang back in tae the classroom. Even as a wee lassie, Precious wis gey keen tae find oot as muckle as she could aboot ither folk. That wis hoo she grew up tae be sic a braw detective – detectives hae tae keep their een open; they hae tae look at folk and think *I wunner wha that gadgie is. I wunner whaur he's fae. I wunner whit his favourite colour is.* And aw that. She wis awfie guid at aw that.

Coorse, yin o the best weys o findin somethin oot is tae spier somebody. Precious learnt that lesson richt early on in life, and she didna ever forget it. Sae that mornin, as she stood ablow the tree and blethered wi Teb and Pontsho, she fund oot a wheen o things aboot them jist wi spierin a puckle questions.

For instance, she spiered: 'Hoo mony folk bide in yer hoose?'

And Teb replied: 'There's sax folk bide in oor hoose. There's me and ma brither here – that's twa. Syne there's oor mither, and oor mither's sister. She's oor auntie.

And syne there's oor granmither and oor granfaither. They're awfie auld. Oor granfaither has nae teeth left but oor granmither has twa-three still aboot her. They like tae sit in the sun the leelang day and see whit's gaun on. They're awfie kind tae us.'

Granmither's TEETH

And syne Precious spiered: 'Whit aboot yer faither?'

This time the laddie answered: 'Oor faither wis hit wi a jag o lichtnin twa year syne,' he said.

'I'm hert-sorry tae hear that,' said Precious.

The lassie noddit. 'And sae we had tae sell the place whaur we steyed. We flitted here because ma granfaither had a wee hoose that wis his ain. We aw bide in that noo.'

There were yin or twa mair questions that Precious wis able tae spier. She spiered hoo lang it took them tae walk tae the schuil, and they tellt her it took jist ower hauf an oor. She spiered them if they believed in ghaists and Teb said naw, but Pontsho swithered a wee bit afore he said naw tae. Syne she spiered them if they liked aipples, and Teb shook her heid.

'I hivna ever tasted an aipple,' she said. 'Are they guid?'

Precious tried no tae look dumfoonert. Imagine no ever haein tasted an aipple! She wis that keen on aipples hersel that her faither bocht some for her ilka Friday fae yin o the shops in the clachan. And syne she saw somethin that she hadna

noticed afore. Neither o the ither bairns wis wearin shoon.

It didna tak her lang tae wark things oot. Teb and Pontsho must be gey puir. That wis hoo they hadna ever tasted an aipple and that wis hoo they had nae shoon. Thinkin this filled her wi dool. Tae walk tae schuil for hauf an oor ower grund that could get burnie-hot through the simmer wid be a trauchle. Coorse, yer feet wid get used tae it, and the skin aneath wid get mair teuch, but it must still be sair. And whit aboot thorns? Some o the bushes that grew aside the paths were weel kent for their jaggy thorns. It wid be easy tae get

yin o thae in yer fit, and she kent hoo sair
that could be.

She didna say onythin aboot it, though.
Sometimes awfie puir folk are seik wi
shame, even if they dinna hae ony reason
tae be. If ye're puir it's usually no yersel
that's tae blame, no unless ye're a total
sloonger. There's aw kinds o reasons for
folk bein puir. Mibbe they hivna been
able tae find ony wark. Mibbe they're in
a job that disna pey ower muckle. Mibbe
they dinna hae their faither or mither
on accoont o illness or a mishanter or,
Precious thocht, lichtnin. Aye, lichtnin
wis the cause o it here, and it made her

want tae greet jist thinkin aboot it.

The bell jowed for the end o the mornin piece-time. 'We hae tae gang in noo,' said Precious. 'But if ye want, I'll can walk hame wi ye and we'll hae mair blethers. Yer hoose isna faur fae mine.'

'That wid bo braw,' said Teb. And syne she said: 'And if ye come tae oor bit, ma brither can show ye somethin really amazin.' She turnt tae Pontsho and gied him a warnin look. 'But gonnae no tell her yet, Pontsho! Gonnae mak it a surprise!'

'I'll no tell,' said the laddie. And he smiled.

PRECIOUS wis on heckle-pins aw the wey tae Teb's hoose.

She wunnered whit her new freens could hae set by for her, but it didna maitter hoo hard she tried, she couldna think whit it wis. Yon's the thing aboot a *real* surprise – ye dinna hae a scooby whit it micht be, and the mair ye think aboot it, the harder it is tae guess. Gie it a shot. Try tae think on somethin that ye dinna ken onythin aboot. No easy, is it?

Efter they had been walkin a whilie Teb said: 'We're no faur awa noo. Oor hoose is jist doon there. See, near yon brae. Whaur thae trees are? That's oor bit.'

They were oot awa fae the clachan noo, and there wis nae ither biggins tae be seen. There wis a wheen o trees, though, and it took Precious a meenit or twa tae wark oot whit trees Teb wis meanin. Syne she saw a strag o reek gaun up intae the sky, and she kent that this wis fae some gadgie's cookin fire. And, richt eneuch, when her een follaed the reek doon she saw that there wis a wee hoose cooried in at the fit. Sae that wis Teb's hame.

They cairried on alang the path that led tae the hoose and soon they were there.

'This is oor bit,' said Teb. 'This is whaur we stey.'

Precious scansed the hoose. It wisna that big and she wunnered hoo awbody could fit in ben. But she didna want tae say onythin aboot that, as maist folk are prood o their hooses and dinna like ither folk (and that means us) pyntin oot that their hooses are ower wee, or no that couthy, or the wrang shape.

Sae she jist said, 'That's a braw hoose, Teb.'

That wisna a lee. It isna a lee tae say a guid thing tae somebody. Ye hae tae mind that ye can ayewis find a guid thing tae say aboot onythin if ye look hard eneuch. And it's guid-hertit tae, and Precious wis a guid-hertit lass. Awbody kent that.

Teb's face wis bricht wi pleisure. 'Thank

ye,' she said. 'It's mibbe a wee bittie wee, but ma brither sleeps ootby, unner a bield, and sae he disna tak up muckle room. And ma granfaither sleeps through the day sae he disna need a bed at nicht – he jist bides in his chair till the mornin. He's weel content, ye ken.'

Precious keeked aw aboot her. Forenent the hoose there wis twa chairs, and aw o a sudden she saw that in thae twa chairs there wis twa auld folk, baith wearin hats that had been poued doon ower their een.

'That's ma granfaither and ma granmither,' Teb tellt her. 'Ye're mibbe thinkin that they canna see onythin, wi thae hats poued ower their een, but they can. They hae wee holes in the hats, ken, and they can keek through them.'

Precious had anither look, and saw that whit Teb wis tellin her wis richt. There were wee holes in the hats and through thae holes she could jist mak oot … een.

Syne yin o the auld yins liftit a haun tae wave tae her, and syne the tither yin did and aw. Sae Precious waved back.

Noo Teb and Pontsho took Precious tae sae hello tae their granfaither and granmither. They were awfie freenly in their wey o greetin her.

'Hoo's yersel?' spiered the granfaither. 'Ye're maist welcome. Thank ye for comin. Guid day tae ye.'

And the granmither said: 'Are ye keepin weel? It's braw tae see ye. Guid day tae ye and aw, ma dearie.'

Syne Teb took her intae the kitchen, the

first room ye cam intae when ye gaed in by the front door. There she met Teb's mither and her auntie, wha were baith chauvin awa, champin grain in a muckle tub.

Some folk dinna ken that breid comes fae grain. Ye ken yersel, nae doot, but ithers hae tae be tellt that no awbody can gang intae a shop and buy a loaf o breid. Some folk dinna hae shops onywhaur near them, and some dinna hae ony siller tae buy breid. Sae they hae tae mak it themsels. And it tastes magic!

They gaed ootby again, and it wis noo that Precious fund oot whit the big surprise wis. And it *wis* an unco surprise. It wis the kind o surprise that she

Grain

widna ever hae guessed, even if she'd had oors and oors tae think aboot it.

Whit wis this unco surprise? Weel, here it's. It wis a MEERKAT.

Noo, whit in the name o the wee man is a meerkat? Weel, it isna a cat. And it isna a squirrel, or a raccoon, or a ... It's mibbe a mongoose, but the easiest wey tae think aboot it is that it's ... jist a meerkat. Meerkats look like meerkats and they dae the things that meerkats dae – and that's jist whit this meerkat wis daein noo, staunin up on its hint legs wi its front loofs held oot for balance, and its wee black neb snowkin at the air in aw the airts.

'A meerkat!' Precious skirled. 'Ye hae a meerkat!'

Teb smiled. 'Aye,' she said. 'This is Kosi. He belangs ma brither. His name means *high heid yin*, ye ken.'

Precious pit her face forrit and, as she

did this, the meerkat pit his face forrit tae, his bricht wee een in a lowe, his neb aw weet and glisterin.

'He likes ye,' said Pontsho. ' Ye can aye tell when he likes somebody.'

'I like him and aw,' said Precious. 'Can I touch him?'

'Gaun yersel,' said Teb. 'Caw canny, though. He can be a wee bit skeery sometimes.'

Precious raxed oot her haun and pit ae finger as lichtly as she could on the back o the meerkat's heid, as if she wis gonnae clap him. His fur wis sleekit, like the fur o a weel-kaimed cat. It wis an orra thing, tae be clappin a meerkat.

Kosi hauf-turnt his heid when she touched him, but Precious could see that he wisna feart at aw.

'Whaur did ye get him?' she spiered.

Pontsho pynted tae the brae ahint the hoose.

'Fae the brae ower yonder,' he said. 'I doot he must hae been pairtit fae the rest o his faimly. He wis sittin on yin o the craigs, lookin awfie loast. We cry it Meerkat Brae noo, efter him.'

'Whit does he eat?'

Pontsho gied her a muckle smile. 'He's keen on creepie-crawlies,' he said. 'He loves wurms. And he even likes tae eat scorpions.'

Precious grued at this. 'Scorpions!'

'Aye,' said Teb. 'He's a bonnie fechter!'

'He'll fecht a snake and no be feart,' said Pontsho. 'Even a cobra.'

Precious sooked in her braith. Cobras

were awfie, awfie fearsome snakes, and it wis hard tae believe that sic a wee craitur as this wid staun up tae yon deidly snake.

'Gonnae tell her,' said Teb. 'Gonnae tell Precious aboot the cobra.'

Sae they sat theirsels doon, wi Kosi sittin doon aside them, as if he wis luggin in as weel tae the tale that Pontsho began tae tell.

'THIS HAPPENED a lang while back,'
Pontsho began.

'Last month,' said his sister,
pittin him richt.

'Weel, that's a lang while,' said the
laddie. 'It wisna yesterday, onywey '

'It disna maitter,' said Precious. 'I want
tae hear the story aboot the cobra. Jist get
on wi that.'

Pontsho stertit again. 'Weel, noo,'
he said, 'this happened a lang while
back – last month. Oor granmither and
granfaither, as ye ken, like tae sit oot in
the sun. Sometimes they sit and sleep, but

ither times they jist sit. They've chauved awa at their wark aw their days, ken, and noo they're a wee bit wabbit.

'Weel, there they were, sittin sleepin yin efternoon. I had been awa wi Kosi tae howk oot some wurms for his denner that nicht. We fund some gey sappy-lookin yins and his kyte wis ticht and fou. He wis feelin awfie croose aboot that.

'The meenit I cam back tae the hoose, I kent somethin wis wrang. Or leastwise, I kent somethin wis different.'

Pontsho paused noo, and gied Precious a look. She wis listenin tae his story wi wide een. 'Whit wis it?' she spiered. 'Whit did ye see?'

'Ma granfaither has muckle feet,' said Pontsho. 'When he's sleepin he likes tae tak aff his shoon, sae he didna hae onythin on his feet. And dae ye ken whit I saw? I saw that a muckle big snake had snorled himsel roond ma granfaither's taes. That's whit snakes like tae dae, ye ken. I doot it keeps them waarm. They're gey fond o folk's taes.'

Precious gowped. She didna like the thocht o haein a snake snorled roond *her* taes. 'Gonnae tell us whit happened nixt?' she threaped.

'I wisna shair whit tae dae,' said Pontsho. 'For a whilie I stood there, switherin. Ye ken whit like it is when ye see somethin that gies ye a richt fleg? Ye jist staun there, and ye canna dae onythin. Weel, that wis the wey o it wi me. And I wis that stammygastert I forgot I had Kosi wi me.

'He'd seen the snake and aw. He'd been sittin on ma shooder, which he aften likes tae dae when we tak a dauner thegither. Noo he lowped doon and stertit tae move cannily towards ma granfaither and granmither. Ye ken hoo a cat gangs when it's efter a bird? That wis hoo he gaed. Cannily, cannily, and wi nae soond at aw.'

Precious sooked in her braith. 'Did the snake no see him?' she spiered.

'No tae begin wi,' Pontsho answered. 'But the mair and mair close he got, the snake stertit tae shift. It didna unfankle

itsel – it jist shiftit its heid, wi its bricht black een like wee nebs o daurk licht. And it pit oot its tongue, which cam oot like a wee weet fork and syne gaed back in. That's hoo snakes snowk things oot, ye ken – they pit their tongues oot and syne tak the smell back inside.

'I wis gettin in a fyke,' Pontsho cairried on. 'If the snake grew crabbit, it could bite ma granfaither nae bother. And if that happened, there widna be muckle we could dae for him. A cobra jags ye wi pizen through his fangs and that staps ye breathin and maks yer hert stap tae. Ma granfaither widna ever wauken if that happened. It wid be the end o him.

'But syne somethin happened that jist bumbazed me. Kosi began tae scart at the grund as if he wis lookin for a wurm, or even a scorpion. I couldna believe whit I wis seein. Hoo could he be hungry aw o a sudden, efter eatin aw thae sappy wurms we'd fund? But syne I saw whit he wis daein. He wis makkin the snake tak tent o him.

'The snake shiftit his heid again. He wis watchin the meerkat and ye could tell whit wis gaun on in his heid: "Noo yon's a fine-lookin sneyster. That wid gang brawly doon ma thrapple!" A muckle snake, like a cobra, is awfie keen on eatin meerkats – if he can get haud o them.

'Cannily, cannily, the cobra began tae unfankle himsel fae ma granfaither's feet. Sleekit and sliddery, like a lang piece o hosepipe, he slippit ower the grund towards Kosi. I didna move, even though I wis feart that Kosi wis gonnae be catchit by the snake. I love him tae bits, ye ken, and I widna ever find anither meerkat if onythin happened tae him.

'The nixt thing I kent wis that Kosi had lowped up in the air. He did this jist at the exact moment the cobra jouked at him. But

thc snake missed, and his fangs ended up
bitin the grund insteid o a meerkat airm
or leg. Kosi wis safe, and noo he skeltered
aff intae some lang roch gress, wi the
snake snoovin efter him, wi his hood up
because he wis that crabbit.

'Ten meenits efter, Kosi cam back nane
the waur o it. He had led the snake aff
intae the gress and tint him there. The

snake didna come back.'

'And whit did yer granfaither think aboot it?' spiered Precious.

'He'd been asleep the haill time,' said Teb. 'Sae he wisna fashed. But he wis fou o thanks tae Kosi, ye can be shair. "Tak guid care o yon meerkat," he tellt Pontsho.'

'And I dae,' said the laddie. 'Oh, dae I no jist!'

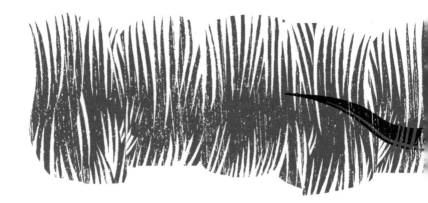

Precious smiled,and kittled the meerkat unner his chin, the wey she had seen Pontsho daein it. The tottie wee craitur liked that, it seemed, steekin his een wi pleisure. He wis that wee, Precious thocht, and yet he had been gallus eneuch tae begunk a full-sized cobra. Wee and gallus, she thocht. Wee and gallus.

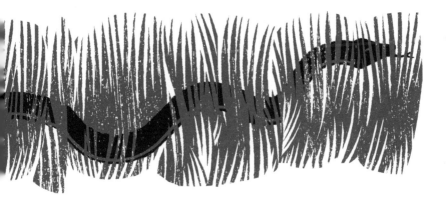

RECIOUS'S heid wis fou o thochts aboot Kosi ower the nixt twa-three days. Whenever she saw Pontsho at the schuil she wid spier him hoo the meerkat wis, and he wid tell her aboot Kosi's latest ploys. He'd caught a muckle scorpion, he said, or he'd pauchled a bit breid fae the kitchen, or had done some ither thing that meerkats like tae dae. Yin o thae things, Pontsho tellt her, wis tae ride on the back o the faimly's coo. 'He loves daein that,' said Pontsho. 'He sits on the coo's back for oors, lookin oot ower awthin. That's the place he likes maist, that's whit I think.'

Precious smiled at this and said she wis hopin she'd hae a chance tae see him again soon.

'Mibbe ye will,' said Pontsho, and he gied her a wink.

She wis tae find oot whit that wink meant a few days efter. When she gaed ootby at mornin piece-time, she saw Pontsho waggin his fingir at her tae come ower.

She went tae jine him. 'Aye?' she said. 'Were ye wantin somethin, Pontsho?'

He cleekit her aside. 'He's here,' he whuspered.

Precious didna unnerstaun. 'Wha's here?'

'Yer pal,' said Pontsho, pyntin tae his schuil bag. 'Kosi.'

Precious looked doon at the bag. She wis dumfoonert tae see a wee neb pokin oot at yin corner, snowkin the air. Pontsho had brocht Kosi tae the schuil.

She wis fair kittled up at this, but at the same time she wis mair nor a wee bit fashed. 'Ye'll get intae bother,' she tellt him.

Pontsho shook his heid. 'Naebody will ken,' he said. 'He wantit tae come, ye see. He'll behave himsel.'

The words werena oot o his mooth afore

he wis proved tae be wrang. Kosi had somewey ettled tae get the tap o the bag lowsed. Syne, wi a wimmle and a wammle – the kind o jinkin movement that ainly meerkats can dae – he wis oot o the bag. Precious gasped as the meerkat had a guid scanse aboot, and thocht aboot whit tae dae nixt. And syne she gasped mair loodly – as the tottie wee craitur wheeched aff across the playgrund and heidit richt for the yin place she wis hopin he widna gang – the teachers' room.

This room wis nixt tae the classrooms and it wis whaur the teachers gaithered tae drink tea while the bairns played ootby. Its door wis ayewis left open, sae that the teachers could see if onybody wis gettin up tae nae guid. But that meant that for a meerkat, keekin aboot this wey and yon, it seemed like an awfie braw place tae pit its neb intae.

As Kosi slippit intae the teachers' room, Pontsho and Precious ran efter him, but cam tae a stop jist at the door itsel, whaur

they could see whit wis gaun on inby. It wis a gey funny sicht, but it gied Precious and Pontsho a sair fleg and aw.

Aw that Kosi could hae seen when he gaed intae the room wis legs – a haill forest o legs. Noo there is naethin mair interestin tae a meerkat than legs. Tae a meerkat, legs are trees, and trees – as ilka meerkat kens – are for sclimmin up. That gies them a braw view o whit's gaun on in the lang gress roond aboot. Ilka meerkat is learned that and ilka meerkat minds it.

Kosi cannily jouked in and oot o the

legs and cuits. Noos and thens he wid stap, and fouter wi a shoelace or lichtly touch a knuckly cuit; noos and thens he wid jink oot o the wey if a fit moved aw o a sudden But syne, findin a pair o byordinar stoot legs, he stapped and keeked up. There wis nae doot that thae legs were maist interestin tae him, and he didna seem shair aboot whether or no tae sclim them. They looked jist like trees tae Kosi – even if they were, in fact, the legs o the Heidmaister o the schuil, a richt glunshin, gloomin man wha didna like it at aw when onybody did somethin wrang.

'Aw naw,' Pontsho yammered, as he saw whit wis gaun on.

Kosi pit a fit forrit and got haud o the Heidie's breeks. Up yonder, the Heidie felt somethin, and thocht that a flee, or mibbe even an ettercap, had landit on him and wid need tae be dichtit aff. He wis taen up wi speakin tae yin o the teachers jist then, sae he bent forrit a wee bit, no lookin whit he wis daein, and dichtit the flee awa.

Kosi saw the Heidie's haun comin at him and did whit ony meerkat wid dae. He lowped up as heich as he could get – and landit on the heid o the teacher sittin aside the Heidie. It's the nature o meerkats aye tae seek oot the heichest or the laichest place when they're fashed. The heichest place gies them a braw view o ony nearhaun danger, and the laichest place gies them bield.

The teacher skreiched. She hadna a clue whit wis sittin on the tap o her heid for she couldna see whit it wis. But the ither teachers could, and they aw cried oot.

'He's on yer heid,' they gollered.

And syne they stertit tae lauch. It wis a hoot richt eneuch, and even though we shouldna lauch at folk, there's times when ye jist canna keep the lauchin in.

It wis jist as weel that the teacher hersel thocht hoo daft she must hae lookit, and she stertit tae lauch tae.

Pontsho felt that there wis ainly the yin thing he could dae. He kent that it wid get him intae bother, but he had tae tak Kosi aff the teacher's heid. Sae he cam forrit, intae the teachers' room, and cried Kosi tae him.

Kosi saw Pontsho and richt awa lowped aff the teacher's heid and skeltered ower the room tae his owner.

'Laddie,' said the Heidmaister dourly, 'ye'd better hae a guid explanation for aw this.'

Pontsho said he wis seik-sorry aboot it. He kent that naebody wis allowed tae bring animals tae the schuil, and he widna dae it again.

The Heidie looked at him. He wis glowerin, and Pontsho kent that he wis gonnae be up tae his lugs in trouble. But then, aw o a sudden, the Heidie stapped glowerin, and a braid smile kythed on his face.

'Weel,' he said, 'the rules say that naebody can bring a dug tae the schuil. They say somethin aboot no bringin mice or ither pets like yon. But they dinna say onythin aboot meerkats, dae they?'

'Naw,' said yin o the teachers, stertin

tae lauch. 'They dinna.'

The Heidie liftit a fingir. 'That's no tae say that the rules'll no say that in the future,' he said. 'But, the day, I doot it'll be aw richt.'

Pontsho gied Precious a look o relief. She wis staunin at the door watchin aw that wis gaun on, and she wis smilin and aw.

'Ye should tell us a bittie mair aboot this unco craitur,' said the Heidie. 'Come noo – dinna be blate.'

Sae Pontsho tollt the teachers aw aboot Kosi and aboot hoo he had saved his granfaither. At the end o this tale, the teachers were in a thrang aw roond Kosi and got tae clap him saftly on the heid. Pontsho swalled up

wi pride, and sae did Precious, and I think wee Kosi did tae. Meerkats like folk takkin tent o them. They like folk clappin their heids and sayin braw things aboot them. A bit like the rest o us, dae ye no think?

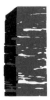T HAD BEEN a guid end tae Kosi's visit
tae the schuil, but a few days syne, jist
efter skailin-time, Precious wis stertin
tae walk hame when she cam upon Teb
sittin aside the road and she wis greetin.
There wis nae sign o Pontsho.

'Whit's wrang?' Precious spiered, pittin
her airm roond her freen's shooder.

For a whilie Teb couldna speak she
wis that bubbly, but syne she turnt tae
Precious and tellt her. 'Oor coo,' she said,
'is gonnae hae a cauf. But she waunered
aff yesterday and she hasna cam back.
Pontsho steyed at hame the day, tae help
caw her.' Precious said she wis sorry tae

hear this news. She kent hoo important that coo wis tae Teb's faimly. It wis jist aboot the haill o whit they had. And when the cauf wis born that wid be important tae, as they'd be able tae sell it tae some ither body and use the siller tae pey for food.

Teb dichtit her tears. 'Ma mither disna ken whit tae dae,' she said. 'We've cried her and cried her, but we dinna hae a notion whaur she's awa tae. Coos dae that sometimes, ma granfaither says. He tellt us coos can jist wauner aff and never come back nae mair.'

Precious had a guid think tae hersel. She'd awready decided, even at the age she wis, that when she wis aulder she wid be a detective, and noo here wis a case richt afore her neb that needit tae be redd up.

'Gonnae let me help?' she spiered in a lown voice.

Teb turnt tae her. 'Could ye?' she spiered.

'Aye,' said Precious. But as she wis sayin it, she wis wunnerin whit she could dae tae redd up the mystery o the missin coo. Efter a meenit or twa, though, it cam tae her. Had they had a look for the merks o her hoofs? When coos gang ower the grund, they leave hoof-prents whaur they dauner. Had Teb or Pontsho looked for ony o thae?

Teb shook her heid.

'Weel, we should dae that noo,' said Precious. 'I'll chum ye hame the noo and we can stert tae look for her prents.'

Teb wis brichter richt awa. 'Ma mither'll be gey pleased if we find her,' she said. 'She'll mak us aw creeshy cakes as a reward!'

Precious loved creeshy cakes. They're a kind o fried doughnut, a snesyter that's awfie popular in Botswana. But she didna like tae think on a reward the noo. Fine and braw it wis tae hae an idea, but it's weel-kent by aw detectives, it's no ilka idea that solves the case.

When they cam tae the hoose, Pontsho ran oot tae meet them. Their first thocht wis that he micht be bringin guid news, but yin look at his face tellt them that that wisna hoo it wis.

'We've cried her and cried her,' he crowpit. 'But we've no fund her.'

Teb tellt him aboot the idea that Precious had cam up wi. Pontsho had a wee think aboot it and syne noddit his heid. 'Let's awa and look,' he said.

They led Precious tae the bit whaur the coo had been seen last. This wis a wee park at the fit o Meerkat Brae, in ahint

the faimly's hoose. There wis a fence, but
it wis an auld yin, and it wid hae been a
skoosh for a coo jist tae step ower it if she
had been mindit tae.

Precious stertit tae walk roond the
fence, canny no tae scutter the grund.
Detectives aye dae that, as nae doot ye
ken: they dinna want tae spile ony o the
clues that micht be lyin aboot. And here
wis yin, richt afore her een.

'Come ower here,' she cawed oot, pyntin
tae the grund whaur she wis.

Teb and Pontsho ran ower tae jine her.

'Here's whaur she gaed,' said Precious.
'See? There's the merks o her hoofs.'

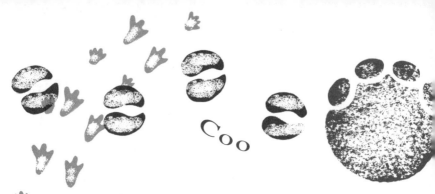

Coo

Rock Rabbit

Teb and Pontsho had a deek at the merks in the stoorie earth.

'Weel, noo,' said Precious. 'If we follae them, we'll see whaur she gaed.'

Aff they gaed, and awbody wis in a steer. They were that kittled up that they didna tak tent o the fact that Kosi wis wi them, follaein ahint wi his wee neb snifterin and spierin aw weys.

It wis jist as weel it hadna rained. Botswana is a dry country, and the rain disna come forby in whit's cried the weet season – thae months when the sky fills

Elephant

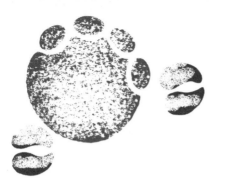

wi lourd purpie thunner-cloods and the drouthy land sits waitin on the first plumps o watter. If it had rained, the prents o the hoofs they were follaein wid hae been waashed awa in the on-ding. The wey it wis, they were aye siccar and clear, even if here and thereaboots they were jurmummled up wi the prents o smawer craiturs. It wisna hard, though, for Precious tae tell the difference atween the merks that a coo's hoof maks and the merks made by a wee deer, or a rock rabbit, or some beast like yon.

Wee Deer

Snake

Pontsho had noo spottit Kosi and had got him tae traivel on his shooder. The meerkat wis gey content wi that, and sat proodly on the look-oot, as if he wis the detective and no Precious Ramotswe. Weel, as we're gonnae find oot in a wee while, there wis some truth in that, but for the noo that's them, aw follaein efter the merks in the grund, and the hert o ilka yin o them lippin-fou wi the hope that it widna be lang afore they fund the missin coo.

THE COO had waunered a gey lang wey. At times, when she'd gane ower stany grund, the prents dwinnled awa, and Precious had tae hunker doon on her hauns and knees tae see them. But at ither times the coo had gane ower bare, saundy soil, and ye couldna miss seein the hoof-merks.

They'd been walkin for an oor and mair and were stertin tae think that they'd niver mak up on the coo when aw o a sudden Pontsho cawed oot.

'Ower there!' he gollered. 'See!'

They stapped and looked tae the airt he

wis pyntin tae. For twa-three moments Precious couldna see whit it wis that he'd clapped een on, but syne she did. A muckle herd o kye wis gaithered alang the side o a roch stoorie road that ran through the scroggy bush.

Pontsho whustled. 'Look hoo mony's there,' he said. 'Whit's gaun on, d'ye think?'

Precious kent the answer tae that. Her faither kent aw aboot coos, and had yince taen her tae see a herd bein redd up for mercat. This wis whit wis gaun on here: a fermer had brocht in aw his kye tae be

taen awa tae mercat. The mischief o it wis that *their* coo must hae heard or smelt them and ettled tae jine them. Efter aw, if ye're a coo and ye see a haill crood o ither coos comin thegither, ye're gonnae think: *how should I no be there tae?*

The three bairns ran towards the herd. They had seen twa men staunin nearhaun and they jaloused that these were the folk in chairge. Aw they wid hae tae dae wis pick oot their coo, and syne tak her back tae her hame.

It wis Teb that spak the first wurd.

'Excuse me,' she said, awfie douce-like.

'Oor coo has run awa. We've tracked her tae here and we're thinkin she's jined this herd. Could we hae her back, please?'

The twa men, wha'd been haein a bit crack thegither, stapped their collogue and looked at Teb.

'These are oor coos,' yin o them said. 'Sorry. Your coo must be awa tae some ither bit.'

'Naw,' said Precious. 'She's here. We follaed her hoof-merks.'

Yin o the men lauched. 'Follaed her hoof-merks? Haivers! Thae coos belang tae us.'

Precious bit her lip. It's hard no tae be believed when ye ken ye're tellin the truth. But there's nae pynt gettin fashed aboot it, because that ainly maks it waur. Sae insteid o threapin that she wis richt, she jist said tae the men, 'But if we could prove it? Wid ye let us tak oor coo?'

Baith the men noddit. 'Aye, nae bother,'

yin said. Syne he said, 'But I dinna ken
hoo ye're gonnae dae that. Aw thae kye
look the same, ye ken.'

Wi a sair hert Precious saw that this
wis richt eneuch – aw the coos were mair
o less the same colour – a kind o broony-
reid. But then, wioot haein tae think aboot
it – she had an idea. It wis the saicont guid

idea that had cam intae her heid that day, and she didna haud back in tellin Teb and Pontsho aboot it.

'Listen,' she said, drappin her vyce sae the men couldna hear her. 'Dae ye think Kosi wid ken yer coo, even in a muckle herd?'

It wis Pontsho that answered. 'Och aye,' he said. 'Mind I tellt ye he loves ridin on her back. They're awfie chief wi yin anither.'

This wis whit Precious had been wantin tae hear. 'Braw,' she said. 'Let's spier him tae find her.'

Pontsho frooned. 'Hoo will we dae that?'

Precious looked at the meerkat, wha wis sittin on Pontsho's shooder, glegly scansin the steerin, stoorin herd o coos. 'Spier him,' she said. 'Meerkats are gleg in the uptak. He'll can mibbe dae it.'

Syne she turnt tae the men. 'Excuse me,' she said. 'This meerkat kens ma freen's coo gey weel. If he can pick her oot, will ye let us tak her hame?'

The men lauched. 'Nae bother,' said yin o them again. 'Coorse we'll let ye tak her hame. But hoo is a tottie wee meerkat gonnae pick oot wan coo in a muckle herd

like yon? It's no gonnae happen, is it?'

Precious didna answer him, but turnt tae Pontsho. 'Spier him, Pontsho.'

Pontsho liftit Kosi aff his shooder and pit him doon on the grund. 'Seek oot yer freen,' he whuspered. 'Gaun yersel!'

The meerkat heezed itsel up on its hint legs and gied Pontsho a spierin look. Syne he turnt his neb towards the herd o kye and snowkit the air. Precious hud her braith. Wis it possible that the meerkat kent whit wis expected o him?

And syne, wi a swippert wee lowp – the kind o jink meerkats gie when they hae a bit job tae dae – Kosi skeltered aff intae the herd, jeein and joukin tae keep oot o the wey o the coos' hoofs. Fae whaur Precious wis staunin, it looked gey dangerous – and sae it wis. Yin time she wis shair that Kosi wid be dunched flat, but he wis ower spanky for yon, and didna let himsel be strampit.

When the meerkat wis richt at the hert o the herd he seemed tae disappear for a meenit. But syne he papped up again, and noo he wis ridin on the back o yin o the coos. 'That's her!' shouted Teb. 'See! That's her.'

Precious turnt tae the men. 'Dae ye see yon?' she spiered. 'Ye wantit proof – weel, there it's! The meerkat has fund his freen.'

The men glowered and grumphed a bittie, but they were no for breakin their wurd. They had said that if the meerkat fund the coo, then the bairns could tak her hame. And sae they set tae fetchin oot Teb's coo, wha aye had a meerkat staunin on her back.

'Ach weel, ye can take her hame, bairns,' said yin o the men. And syne, even if he

wis laith tae say it, he added, 'And guid on ye, whaever it wis that thocht up that ploy!'

Precious hud her wheesht. She didna like tae blaw, and the fact that the faimly had their coo back wis mair than eneuch o a reward for her.

THEY LED THE COO hame, guidin her cannily alang the path they had taen tae find her. When they won tae the fit o Meerkat Brae, Precious could see the twa auld folk aw kittled up and wavin their hauns. Soon they were jined by Teb's mither and the auntie, and baith o them stertit giein it big licks wi the wavin tae.

'It's a miracle,' said the granfaither as he breeshled forrit tae welcome the hamecomin coo. He couldna run that fast, for his legs were a wee bit shauchly and spirly, but he did his best, and soon he wis clappin the coo on the side o her neck,

whusperin intae her lug the kind o things folk say tae coos that hae been awa but syne come hame.

'Hoo braw is this!' said Teb's mither. 'I doot ye'll aw be due a reward for findin oor coo.'

Teb gied Precious a wee keek and a smile. Syne she turnt tae her mither and spiered, 'Creeshy cakes?'

Her mither noddit her heid. 'I'll mak them the noo, even if it's awmaist time for oor tea.'

The mention o tea made Precious look at

the sun, which wis stertin tae drap doon in the sky. 'I'll hae tae get hame soon,' she said. 'Ma faither will be fashin aboot me.'

Teb gied her mither a fleetchin look. 'Can Precious no stey?' she spiered.

'I could spier her faither,' the auntie said. 'I need tae gang tae the shoppie, and I could caw in at their hoose and see if Precious can stey the nicht.'

Teb and Pontsho baith thocht this wis a braw ploy, as did Precious hersel, and the auntie didna wait on settin oot. By the time the creeshy cakes were ready and strinkelt wi sugar, the auntie had cam back tae annoonce that Obed had said it wis fine by him for his dochter tae stey the nicht at Teb's hoose.

They sat and ate the creeshy cakes. There wis twa for ilka yin o them, and that wis mair than plenty, as the granfaither and granmither couldna feenish theirs and passed them on. The bairns were guid eneuch tae dae the wark for them, and syne awbody lickit their fingirs tae get the last claggy bits o sugar aff. The last bits o onythin aye taste the best, dae ye no think?

By this time it wis stertin tae gloam. The sun in Africa gangs doon gey fast. The sky turns aw coppery and gowd, and syne doon ayont the horizon gangs the great reid baw o the sun. Whenever it's awa, the sky becomes licht blue yince mair and syne dark blue, and the stars kythe – streetchin siller fields o them.

Since it wis a byordinar occasion, the

granfaither biggit a fire ootby for Teb, Pontsho and Precious tae sit roond. Syne he pit his chair in at the fire tae, and tellt them a story aboot the wey things were lang syne, when he wis a laddie. They listened, and syne, efter he had feenished and had pit his chair back tae its usual place, they blethered amang themsels.

There wis plenty tae blether aboot. They mindit aw aboot follaein the coo's hoof-merks, and Pontsho thocht that he wid test his skeel at trackin ither craiturs, noo that Precious had shown him hoo tae dae it. Teb thocht this wis a braw notion, and said that she wid try her haun at seekin oot clues, jist the wey Precious had. 'Ye never ken whit ye micht find,' she said. 'There's aw kinds o mysteries and mischiefs if ye stert tae look for them.'

Precious agreed wi her. She hadna been a detective awfie lang, but awready she had solved twa muckle mysteries – yin that had puggies in aboot it, and this yin that had a meerkat and a coo in aboot it. There'd shairly be ithers, she thocht.

'Ye're gey lucky bein sic a braw detective,' said Pontsho.

Precious smiled intae hersel. She never blawed aboot hersel, but she wis gled tae hae fund oot the thing it seemed she could dae gey weel. Maist folk can dae at least wan thing weel eneuch, but sometimes it taks a whilie tae find oot whit that thing is. She had fund it, and noo that she had, she'd be able tae pit her talent tae guid use. Mony years syne, she wid become a kenspeckle detective – the first lady detective in Botswana – but that, ye ken, is a story we'll hear aboot lang efter this.

Braw though the creeshy cakes were, the bairns werena that fou that they couldna hae their tea and aw, but naebody wis needin muckle portions that nicht. Syne, efter the meal, it wis time for gaun tae their beds. Pontsho gaed aff tae his bield at the back o the hoose, and Precious and Teb each laid oot a sleepin mat in the neuk o the kitchen whaur Teb slept maist nichts. Teb's mither gied Precious a spare plaid sae she could hap hersel up and keep waarm for the nicht. Botswana is a hot country, but the nichts can be cauld, which is aften the wey it is in deserts and ither waarm pairts.

Lyin there in the mirk, mindin o the events o the day, Precious felt happy that awthin had warked oot sae weel. The coo wis safe hame and in due time she wid hae her cauf. In fact, although naebody kent it at the time, the coo wis gonnae hae twins. That wid be braw news for the faimly, as they wid hae twa caufs tae sell and no jist yin. And it meant, tae, that they wid be able tae buy shoon for Teb and Pontsho, and that wis an awfie guid thing.

Teb must hae been gey wabbit, for she fell strecht ower intae sleep. But Precious steyed waukin a wee while langer, and she wis still waukin when a wee furry craitur slippit through the door and made

his wey tae whaur she wis lyin. The first she kent o him wis the feel o his tottie weet neb snifterin at her cheek.

She didna say onythin tae Kosi, for she didna want tae wauken Teb. Sae she jist clapped the wee meerkat saftly and let him coorie in tae her. He wis wabbit tae, and efter twa-three meenits she felt his souchs chynge and kent he wis asleep. In the wild, meerkats sleep thegither in a boorie that they bigg ablow the grund. They lie

wi their wee airms aboot yin anither – a haill clan o meerkats –soond and siccar in their deep-doon hoose. Abune them, in the moonlicht, there are aw kinds o dangers – hoolets and snakes and ither enemies – but they are safe doon there, hunkered thegither tae keep waarm.

Precious drifted aff intae sleep at lang last. She dreamt that nicht aboot coos and meerkats and prents in the saund. She dreamt, tae, aboot creeshy cakes and happy folk, and aboot her freens and hoo guid it felt tae hae been able tae help them. Because helpin ither folk *is* a guid thing, whether or no ye're a detective.

And in the mornin, wid ye ken, Kosi wis aye there, his loofs unner his chin, his bricht black een steekit. But the sun cam risin slowly up intae the sky, and aw three o them waukened at jist aboot the same time when the kitchen grew fou o licht.

'Anither day,' said Teb, dichtin the sleep

fae her een.

'Aye,' said Precious, sittin up on her sleepin mat. 'Anither day.'

Coorse, Kosi didna say onythin, but as Precious looked at the tottie wee meerkat, she wis shair that he wis smilin.

dumfoonert: astonished, smug

canny: cautious, gentle

croose: confident, gentle

PRECIOUS RAMOTSWE'S GUIDE TAE SCOTS

abune: above
ae: one
ahint: behind
airt: direction
and aw: as well, too
awbody: everybody
awthin: everything
aye: yes, always, still
ayewis: always
begunk: deceive
ben: inside

bield: shelter
bigg: build
biggin: building
bit: place
blate: shy
blaw: boast
blether: chatter
boorach: confused mass
boorie: burrow
brae: slope, hill
braid: broad, wide
braw: good, excellent
breeks: trousers
breeshle: hurry
bumbaze: amaze
byordinar: special
canny: cautious, gentle
caw canny: be careful
champin: pounding

chauvin: toiling
chief: friendly
clachan: village, hamlet
claggy: sticky
clap: stroke
cleekit: took by the arm
clook: claw
collogue: discussion
coorie: cuddle, huddle
cosh: cosy
couthy: comfortable,
    pleasant
crabbit: bad-tempered
crack: conversation
craig: rock
creeshy cakes: fat cakes
croose: content, smug
crowpit: croaked
cry: call
cuits: ankles
daud: a piece, a blow
dauner: stroll
deek: look
dicht: wipe, brush off
doo: dove

dool: sadness
doot: think
douce-like: politely
drouthy: thirsty, dry
dumfoonert: astonished
dunch: thump
ee, een: eye, eyes
ettercap: spider
ettle: succeed, decide
fash: bother, be anxious
faw ower: go to sleep
feart: afraid
flee: fly
fleetch: implore
fleg: fright
forby: except
forenent: in front of
forrit: forward
fou: full
fouter: mess about
fyke: state of anxiety
gadgie: fellow
gae, gang: go
gallus: bold
gey: very, rather

gleg: keen, quick-witted
glisterin: glistening
gloam: grow dark
gloom: look sour
glunsh: scowl
goller: yell
gowp: gulp
gowsty: gusty
greet: weep
grue: grimace
haill: whole
haivers: nonsense
hap, happit: wrap, wrapped
heckle-pins: tenterhooks
heeze: raise
heich: high
high heid yin: chief, boss
hoolet: owl
howk: dig
hud her wheesht: kept quiet
ilka: each
inby: inside
jag: prick, bolt (of lightning)
jalouse: guess
jee: move sideways

jink: dodge
jouk: duck, lunge
jow: peal
jurmummle: jumble
kaimed: combed
keek: look, peer
kenspeckle: famous
kittle: excite, tickle
knuckly: bony
kye: cattle
kyte: belly
kythe: appear
laich: low
lippin-fou: full to the brim
loof: paw
lourd: heavy
lown: calm
lowp: leap
lowse: loosen
lug in: listen in
lug: ear
mercat: market
mind: remember
mirk: dark
mishanter: accident

muckle: much, big

neb: nose, point

neuk: corner

on-ding: downpour

ootby: outside

ower: over, too

pauchle: steal

piece-time: snack-time

pizen: poison

plump: heavy fall

puckle: a few

puggies: monkeys

purpie: purple

redd up: tidy up, sort out

reek: smoke

reenge: search

roch: rough

sappy: juicy

scanse: look over

scart: scratch

sclim: climb

scooby: clue

screenge: scour,
　　　　search intently

scroggy: scrubby

scuffy: scruffy, battered

scunner: intense dislike

scutter: disturb

sech: sigh

seik: sick

shair: sure

shauchly: unsteady

shither: shudder

shoon: shoes

sic: such

siccar: certain, definite,
　　　　secure

siller: silver, money

skail: pour out, disperse

skeery: nervous

skelp: strike, hit, rush

skelter: scurry

skirl: cry, scream

skoosh: a simple act

skreich: scream, shriek

sleekit: smooth

sliddery: slithery

sloonger: idler

sneyster: tasty snack

snifter: sniff

snoove: slink, glide
snorl: curl, twist
snowk: sniff, scent
sook: suck
souchs: breaths
spanky: agile
spier: ask
spirly: spindly
stammygastert: shocked
steek: close
steer: stir
stookie: statue
stoorie: dusty
stoorin: dust-raising
strag: whisp
strampit: stamped on
strinklet: sprinkled
swippert: swift
swither: hesitate
syne: then, since, ago
tae: to, too
tak tent: take notice
teuch: tough
thae: those
thrang: crowd, crowded

thrapple: throat
threap: insist
tine, tint: lose, lost
tither: (the) other (of two)
toom: empty
tottie: tiny
trauchle: struggle
troch: trough
unco: strange, unusual
unfankle: unwind
wabbit: tired
wan: one
wauken: wake up
waukin: awake
waur: worse
weel-kent: well-known
weet: wet
wheech: move swiftly
wheen: a lot
wimmle and wammle:
      twist and turn
yammer: cry
yatter: chat
yin: one

WITHDRAWN

Braw Books for Bairns o Aw Ages

www.itchy-coo.com